만년필

미 드 나 잇
midnight

Simplicity is the ultimate sophistication.
단순함이야말로 궁극적인 세련됨이다.

레오나르도 다 빈치

만 년 필

미 드 나 잇
midnight

단디

인간의 모든 불행은 단 한 가지,

고요한 방에 앉아 휴식할 줄 모르는 데서 비롯한다.

블레즈 파스칼

◈《만년필 미드나잇》사용법

《만년필 미드나잇》은 시, 명언, 소설 등 다양한 글과 그림을 담았어요.

가이드라인이 있지만 선에서 벗어난다고 두려워하거나 스트레스 받지 마세요.

차분한 마음으로 정성스레 한 획, 한 획 그어가면 차츰 정돈된 글씨가 나타날 거예요.

만년필을 처음 사용하거나 오랜만에 사용하시는 분들을 위한 선 긋기 페이지도 있어요.

가이드라인이 있는 그림 위에 선 긋기를 하다 보면 나만의 그림이 완성될 거예요.

채색도 한다면 더욱 근사한 그림이 완성되겠죠?

◈ 왜 만년필인가요?

만년필은 아름다운 손글씨에 최적화된 필기구이기 때문이에요.

만년필 잡는 법은 볼펜과 비슷하지만, 붓글씨를 쓰는 것처럼 필체 수정에 적합해요.

만년필은 펜촉의 필압이 그대로 드러나기 때문에

필압과 촉압의 강약을 고려하며 글씨 쓰는 연습을 할 수 있어요.

글씨를 쓸 때도 펜촉의 리듬과 탄력을 살려서 쓰기 때문에

쓰는 사람의 감정과 의지가 나타나는 필기구입니다.

마음이 안정되면 글씨도 균형감을 찾아가는 것이죠.

◆ 만년필 사용 팁

- 힘을 빼고 천천히 사용하기.
- 만년필 45~60도 정도 기울여서 쓰기.
- 만년필 길들이는 과정을 즐기기.
- 만년필 세척은 한 달이나 두 달에 한 번 하기.
- 잦은 잉크 컬러 교환은 하지 않기.
- 만년필 펜촉이 위로 가게 보관하기.
- 펜촉의 잉크가 마르지 않게 사용 후 뚜껑 닫기.
- 일정 기간 사용하지 않을 때 컨버터 또는 카트리지를 분리하여 보관하기.

◆ 만년필 펜촉 세척 방법

- 컵에 따듯한 물(35~40도)을 준비하기.
- 만년필 몸통 부분과 배럴(뒤축) 부분을 분리하기.
- 컨버터(카트리지)를 분리한 후 펜촉을 포함한 몸통 부분을 흐르는 물에서 세척 후 따뜻한 물에 5분~1시간 정도 담가 두기.
- 오랜 기간 사용하지 않아 잉크 관이 막힌 경우는 하룻밤 정도 담가 두기.
- 펜촉 부분을 물에 담근 후 컨버터를 이용하여 만년필 안으로 물의 흡입과 배출을 5~7회 정도 반복하고 세척이 끝나면 부드러운 천이나 휴지로 펜촉의 물기를 닦고, 자연 건조 시키기.

목 차

Part 1

Part 2

Part 3

행복은 여행을 떠나는 길에 펼쳐져 있음을 기억하라.
결코 종착지에 있는 것이 아니다.

 로이 굿먼

Remember that happiness is a way travel,
not a destination.

 Roy M. Goodman

스웨덴

아이슬란드

노르웨이   핀란드

영국   덴마크
네덜란드   독일   폴란드
프랑스   체코   우크라이나
            스위스   루마니아   우즈베키스탄
      이탈리아   불가리아
포르투갈   그리스   터키
      스페인   이라크   이란
모로코   파키스탄
세네갈   이집트   네
                  사우디아라비아
            수단   인도
      나이지리아
      콩고 민주 공화국   케냐
                        탄자니아
            앙골라

      남아프리카 공화국

그린란드

러시아

캐나다

몽골

중국

미국

대한민국

대만　일본

베트남

얀마

멕시코　쿠바

말레이시아　필리핀

콜롬비아

인도네시아

페루

볼리비아　브라질

칠레

우루과이

호주

뉴질랜드

아르헨티나

Stockholm

Reykjavik

Oslo   Helsinki

London   Copenhagen

Amsterdam   Warsaw

Paris   Berlin   Praha   Kiev

Bern

Rome   Bucharest   Tashkent

Lisbon   Athens   Sofia

Madrid   Ankara

Rabat   Baghdad   Tehran

Islamabad

Dakar   Cairo   Kathman

Riyadh

Khartoum   New Delhi

Abuja

kinshasa

Nairobi

Dodoma

Luanda

Cape Town

Nuuk

Moscow

Ottawa

UlaanBaatar

Washington, D.C.

Beijing

Seoul

Taipei

Tokyo

Hanoi

ypyidaw

Mexico City

Havana

uala Lumpur Manila

Bogota

Lima

Jakarta

Sucre

Brasilia

Santiago

Canberra

Montevideo

Wellington

Buenos Aires

Part 1

한글쓰기

일과 오락이
규칙적으로 교대하면서
서로 조화를 이루면
생활이 즐거워진다.

독서는 완성된 사람을
담론은 재치 있는 사람을
필기는 정확한 사람을 만든다.

　진정한 ‘보물의 나라’, 그곳에선 모든 것이 아름답고 풍요로우며, 고요하고 정중하다. 그곳에선 사치가 즐겁게 질서 속에 비치고, 삶이 숨 쉬기에 감미롭고 풍요롭다. 무질서와 소란, 뜻밖의 일 등은 이 나라엔 있을 수 없고, 행복이 고요 속에 조화되어 있고, 음식조차도 시적이고 기름지며 동시에 자극적이다. 그곳에선, 나의 사랑하는 천사여, 모든 것이 그대를 닮았다.

"대판 싸운 부부도 저렇게 냉랭하지는 않을걸?"

"옳은 말이네. 보고 있는 내가 재충이 날 만큼 답답한 산책이야."

"그런데 저 사람들은 왜 일요일만 되면 저토록 재미없는 산책을 계속하는 걸까?"

그랬다.

두 사람은 그 무엇보다 일요일의 산책을 중요하게 여기는 듯싶었다. 무슨 까닭이 있는지 모르겠지만, 노는 일이라면 절대로 빠지지 않는 연필드가 시간이 겹치면 파티를 마다하고 산책을 선택할 정도였다.

때때로 인생이란
커피 한 잔이 가져다주는
따스함에 관한 문제이다

생각하는 대로 살아야 한다.
그렇지 않으면
사는 대로 생각하게 될 것이다.

부디 기억하라
나를 치유하는 것은 나의 지식이
아니라 나의 존재 자체임을.

내 마음 안에 정답이 있다.

"그래요, 저도 잘 알아요. 하지만 저한테
도 한 가지 장점이 있는 건 아시죠, 마릴라
아주머니? 저는 같은 실수를 두 번 저지르
지 않는다고요."

"항상 새로운 실수를 저지르니까 그런
장점이 있는지 모르겠다."

"어머, 마릴라 아주머니, 모르세요? 한
사람이 저지를 수 있는 실수에는 한계가
있을 거라고요. 그래서 제가 실수를 끝까
지 다 저질러버리고 나면 더 이상 저지를
실수가 남지 않을 거라고요. 그렇게 생각
하면 마음이 편해져요."

하늘은 사람 위에 사람을 만들지 않고 사람 밑에 사람을 만들지 않는다고 하였다.

사람은 선천적으로 귀천과 빈부의 차별이 없다. 오로지 학문에 힘을 쏟아 사물을 잘 아는 사람은 귀인이 되고 부자가 되며, 학문을 하지 않은 사람은 빈자가 되고 천민이 되는 것이다.

참된 한가함이란

우리가 좋아하는 것을 하는 자유이지

아무것도 안 하는 게 아니다.

한 가지 즐거움만은 확실했으니, 마음 맞는 여행 동반자와 함께한다는 점이었다. 마음이 맞는다는 것은 불편함을 견딜 수 있는 건강한 체질, 즐거움을 더해 주는 명랑한 성격, 밖에서 실망스러운 일이 있더라도 서로 간에 즐겁게 지낼 수 있는 애정과 슬기를 포함하는 것이었다.

일을 끝내는 기술도 중요하지만

끝내지 않고 내버려 두는

기술 역시 훌륭하다.

인생의 지혜는 불필요한 것들을

없애는 데 있다.

산에
산에
피는 꽃은
저만치 혼자서 피어 있네.

산에서 우는 작은 새여,
꽃이 좋아
산에서
사노라네.

산에는 꽃 지네
꽃이 지네.
갈 봄 여름 없이
꽃이 지네.

인간은 달과 같아서
어느 누구에게도 보이지 않는
어두운 면이 있다.

독서에 뜻을 세워라

준에게

독서에 어찌 장소를 택해서 하랴. 향리에 있
거나 서울에 있거나, 오직 뜻을 세움이 어떠한
가에 있을 따름이다. 마땅히 십분 스스로 채
찍질하고 힘써야 할 것이며, 날을 다투어 부지
런히 공부하고 한가하게 시간을 낭비해서는
안 될 것이다.

장자가 집이 가난하여 감하후에게 곡식을 꾸러 갔다. 감하후가 말한다.

"꿔 드리지요. 나는 장차 영지의 세금을 거둬들일 계획인데, 그때 선생에게 300금을 빌려드리도록 하겠습니다. 괜찮겠습니까?"

장자는 분노가 치밀어 얼굴빛이 변하며 말한다.

"내가 어제 이곳에 올 때 도중에 나를 부르는 자가 있었습니다. 돌아보니 수레바퀴 자국 가운데에 있는 붕어였습니다.

내가 물어보았습니다.

<붕어야, 무엇 때문에 그러는가?>

붕어가 대답했습니다.

<나는 동해바다 용왕의 신하입니다. 약간의 물이 있으면 나를 좀 살려주시오.>

내가 말했습니다.
<알았다. 내가 이제 남쪽의 오나라와 월나라의 왕에게로 유세하러 가는데, 촉강의 물을 끌어다가 너에게 보내주지. 괜찮은가?>
붕어는 화가 나서 얼굴빛이 변하며 말했습니다."

나는 지금 나와 항상 함께 있던 물을 잃었기 때문에 당장 거처할 곳이 없습니다. 나는 약간의 물만 있으면 살 수 있습니다. 그런데 당신이 그런 말을 하니, 차라리 나를 건어물 가게에 가서 찾는 편이 나을 것이오!

"내가 죽은 뒤에 아무리 정결한 희생과 풍성한 안주를 진설해놓고 제사를 지내준다 하여도, 내가 흠향하고 기뻐하는 것은 내 책 한 편을 읽어주고 내 책 한 장을 베껴주는 일보다는 못하게 여길 것이다. 너희들은 그 점을 기억해두거라."

별 하나에 추억과
별 하나에 사랑과
별 하나에 쓸쓸함과
별 하나에 동경과
별 하나에 시와
별 하나에 어머니, 어머니

어머님, 나는 별 하나에 아름다운 말 한 마디씩
불러 봅니다. 소학교 때 책상을 같이 했던 아이들의
이름과 패, 경, 옥, 이런 이국 소녀들의 이름과,
벌써 아기 어머니 된 계집애들의 이름과,
가난한 이웃 사람들의 이름과, 비둘기, 강아지, 토끼, 노새, 노루,
'프랑시스 잼', '라이너 마리아 릴케',
이런 시인의 이름을 불러 봅니다.

이네들은 너무나 멀리 있습니다.
별이 아스라이 멀듯이,

신은 이 세상에 존재하는
수많은 고민거리를 보상하는 방법으로
우리에게 희망과 수면을 주었다.

로마
1903년 10월 29일

나는 당신의 8월 29일 자 편지를 피렌체에서
받았습니다. 벌써 두 달이나 지났는데, 이제야
당신에게 그 말을 하는군요. 이렇게 늦어진 것
을 용서하시기 바랍니다.
그러나 나는 여행 중에 편지 쓰기를 좋아하지
않습니다. 왜냐하면 편지를 쓰는 데 꼭 필요한
필기구 이외에 더 필요한 것이 있기 때문입니
다. 약간의 정적과 고독, 그리고 너무 낯설지
않은 시간이 그것입니다.

시간은 짧고 내 힘은 부족하고,
사무실은 끔찍스럽고 집은 시끄럽습니다.
아름답고 굴절 없는 삶이 가능하지
않은 사람은 예술 작품을 통해
그 어려움을 헤쳐나가야만 할 것입니다.

왜 이리 우울한지 모르겠어.

우울증이 짜증나게 만들어.

자네도 그 때문에 짜증난다고 했지.

어쩌다 우울증에 걸렸고,

우울증이 어떻게 생겨먹었고,

어떻게 우울증에 빠졌고,

우울증이 어떻게 생겨났고,

어디서 우울증이 왔는지를 알 수가 없어.

2월은 매화의 달로 이 마을 전체가 매화로
뒤덮인다. 그리고 3월이 되어도 바람이 자는
따뜻한 날들이 많았기 때문에, 활짝 핀 매화들
이 전혀 시들어 떨어지지 않고 3월 말까지 아
름답게 웃고 있었다. 아침에도, 점심때도, 저녁
에도, 밤에도 매화는 탄식이 흘러나올 정도로
아름다웠다.

그리고 툇마루의 유리문을 열면, 언제나 꽃향
기가 방 안으로 물밀듯 흘러들어왔다. 3월이
끝나갈 때는 저녁이 되면 꼭 바람이 불어, 식
당에서 찻잔을 나르고 있자면, 창문을 통해 매
화 꽃잎이 바람에 날려와 찻잔 속에 떨어져 젖
어 들었다.

알고 보니 드라큘라가 구입한 집이 병원 바로 옆의 저택이더라는 말에 반 헬싱 선생은 깜짝 놀랐고, 큰 걱정에 빠져드는 듯했다.

"저런, 그 사실을 진작 알았더라면 제때에 그 자를 붙잡아 불쌍한 루시를 구할 수 있었을 텐데. 하지만, 자네 말마따나 우유를 엎지르고 나서 울면 무슨 소용이 있겠나. 지난 일에 매달리지 말고 갈 길을 끝까지 가야지."

65

우리는 둘 다 아무것도 모르지 않나요? 아름다운 여자가 아름다움을 잃어갈 때 어떠한 고통을 겪는지. 당신과 나, 우리 같은 사람들에겐, 나이가 든다는 것이 그저 따뜻하고 밝은 방에서 덜 밝고 덜 따뜻한 방으로 옮겨가는 것과 같겠지요. 하지만 클링스랜드 부인처럼 아름다운 분들께 그것은, 꽃과 상들리에가 가득한 눈부신 무도장에서 밀려나 겨울의 밤과 눈 속으로 들어가는 것과 같을 거예요.

"요우죠우는 뭘 받을래?"

  아버지의 물음에 난 입을 다물어 버렸습니다.
 뭘 받고 싶냐고 물으면 난 그 즉시 아무것도
받고 싶지 않은 기분이 되어 버립니다.
아무래도 좋아, 어차피 이 세상엔 날 즐겁게
해주는 것 따윈 없어 하는 생각이 순간적으로
발동합니다. 그리고 난 남에게 받는 물건은 아
무리 내 취향에 맞지 않더라도 거절하지 못합
니다.

　싫은 것을 싫다고 말도 못 하고, 또 좋은 것
도 쭈뼛쭈뼛 도둑질하는 것처럼, 아주 달갑지
않게, 그리고 말로 표현할 길 없는 공포감에
괴로워하며 받았습니다.

말하자면 내겐 양자택일의 능력조차 없었던 겁
니다. 이런 성향이, 훗날까지 이어져 앞서 밝힌
'부끄러운 생애'를 보내게 된 중대한 원인의 하
나였다고 생각됩니다.

참된 선비의 학문은 나라를
다스리고 백성을 편안히 하는
일, 오랑캐의 침입을 물리치는
일, 나라 살림을 넉넉하게 하
는 일, 백성이 문무에 능하도
록 교육하는 일 등이 두루
해당된다. 어찌 고문 구절을
따서 글이나 짓고, 벌레나 물
고기 이름에 주석이나 달고,
소매 넓은 옷을 떨쳐입고서
예모만을 익히는 것이겠는가?

"자율적 인간은 아홉 가지에 신경을 써야 한다.
첫째로 볼 때는 분명한지
둘째로 들을 때는 확실한지 신경을 쓴다.
셋째로 표정이 따뜻한지
넷째로 태도가 공손한지
다섯째로 말이 진실한지
여섯째로 일에는 신중한지 신경을 쓴다.
일곱째로 헷갈릴 때는 물어볼 것을
여덟째로 화가 치밀 때에는 닥칠 어려움을
아홉째로 얻을 일이 생기면 옳은지에
생각을 집중해야 한다."

소중한 것을 깨닫는 장소는

컴퓨터 앞이 아니라

언제나 새파란 하늘 아래였다.

이사벨은 공허한 삶을 살지 않겠다고 굳게 결심했다. 적절한 인내심을 갖고 기다린다면 자기에게 안성맞춤인 즐거운 일을 발견할 것이다. 물론 이 아가씨의 지론 가운데 결혼이라는 주제에 관해 수집한 생각들이 없을 리 없었다.

그 가운데 첫 번째는 결혼에 대해서 너무 많이 생각하는 것은 천박하다는 확신이었다.

그녀는 결혼에 대한 열망에 빠져드는 일이 없기를 간절히 기도했다. 여자가 특별히 취약점이 있는 경우가 아니라면 홀로 살 수 있어야 한다고 주장했고, 다소 비루한 마음을 가진 이성과 교류하지 않고도 얼마든지 행복하게 살 수 있다고 생각했다.

그가 너무 갑작스럽게 청혼하는 바람에 그녀는
그와 결혼해야 할지 말지도 확실하게 몰랐다.

"6월이에요."

그가 단호하게 반복했다.

올리브는 반숨을 쉬고 미소를 짓더니 커피를 마
시며 새끼손가락을 나머지 손가락들 위로 참으
로 세련되게 올렸다. 멀린은 다섯 개의 고리를
사서 거기에 던지고 싶다는 생각이 불쑥 들었다.

"어이쿠!"

그는 크게 소리 질렀다. 그는 곧 그녀의 손가락
에다 반지를 끼워줘야 했다.

소나무에는 송진이라는 것이 있다.

이 송진이 실로 집착이 강해. 한 번 털에 들러붙
으면 벼락이 치든 말든 밤대가 전멸하든 절대
떨어지지 않는다. 뿐만 아니라 털 다섯 오라기
에 들러붙었나 싶으면 어느새 열 오라기로 늘어
나고. 열 오라기가 달했다 싶으면 벌써 서른 오
라기로 늘어나 있다.

나는 담백함을 사랑하는 다인 기질의 고양이
다. 이렇게 끈질기고 끈적끈적하고 지독하고 집착
이 강한 것은 딱 질색이다. 천하의 미인 고양이
라도 성격이 그렇다면 나는 사양하겠다. 하물며
송진이야 말할 것도 없다.

어두운 벽난로와 옥 오은 늙은

고양이와 잠을 더니/새와

숱 걸에 노는 어린아이 들에게

낡은 구두를 수선하는 일

말없을 그윽하니가 달가움다 즐 때

오래된 수건을 그대여 새울 일

묻없이 비온 뒤의 따뜻한 일

달없은 양아소와 아들이 의보를 부르는 일

그리고 다웃한 달밤을 기두여올리는 일

그는 다 안다는 듯한 미소를 지었다. 아니 다 안다는 것 이상의 의미가 담긴 미소였다. 그 미소는 영원히 변치 않을, 평생 네다섯 번이나 볼까 싶은 아주 보기 드문 미소였다. 영원한 세계를 잠시 보았거나 보는 듯한 미소. 당신을 위해, 당신에게 온 정신을 다해 집중하겠다는 미소였다. 당신이 이해받고 싶어 하는 만큼 당신을 이해하며, 당신이 믿고 싶어 하는 만큼 당신 자신을 믿어 주며, 당신이 전하고 싶어 하는 최고의 인상을 정확히 받았다고 확인해 주는 그런 미소였다. 정확히 바로 그때 그 미소가 사라졌다.

85

내 옷을 만들기 위해서
내 몸의 크기를 잴 때
나는 바닥에 드러누웠다.
한 사람이 목 근처에 서고
다른 한 사람은 다리 중간에 서서
튼튼한 밧줄을 팽팽히 잡고 있는
동안에 또 다른 한 사람이
길이 3센티 정도 되는 자로
그 밧줄의 길이를 쟀다.
다음에는 오른쪽 엄지손가락을 쟀고
그 외에는 잴 필요가 없었다.

엄지손가락의 두 배가 손목의

둘레가 되고 그런 방식으로

목과 허리의 둘레가 얼마나 되는지

알 수 있다는 것이다.

나의 치수를 재는 또 다른 방법이 있었다.

내가 무릎을 꿇으면 바닥에서

나의 목까지 사다리를 놓고서

거기에 한 사람이 올라가서

추가 달린 줄을 바닥까지 늘어뜨린다.

그렇게 잰 것이 나의 윗도리

길이가 되는 거다.

램프를 만들어 낸 것은 어둠이었고,
나침반을 만들어 낸 것은 안개였고,
탐험하게 만든 것은 배고픔이었다.
그리고 일의 진정한 가치를 깨닫기 위해서는
의기소침한 나날이 필요했다.

창조하는 사람에겐 빈곤이란 없으며,

아무렇지도 않은 빈곤한 장소도 없습니다.

만일 당신이 세상의 소음으로부터 완전히

차단된 감옥 안에 갇혀 있다고 할지라도

당신에게는 아직도 당신의 어린 시절이,

그 소중하고 왕의 재산처럼 호화로운 부유함과

추억의 보물 창고가 있지 않습니까?

그쪽으로 주의를 돌리십시오.

이 먼 과거 속에 가라앉아 버린

가슴 설레는 사건들을 들춰내 보십시오.

그러면 당신의 개성이 확고해질 것입니다.

"남쪽으로 가면 언젠가 에메랄드 시에 닿을 거야."
"그게 뭐예요?"

"오즈의 나라 중심부야. 이 나라에서 가장 큰 도시지. 난 그곳에 가 본 적은 없지만 그곳에 관해서 많이 들었어. 그곳은 위대한 마법사 오즈가 만든 곳이고, 모든 것이 녹색이래 질리킨의 모든 것이 보라색인 것처럼."

"여기 있는 모든 것이 보라색인가요?"

"당연하지. 안 보이니?"

"난 색맹인가 봐요."

호박 머리가 주변을 둘러보더니 말했다.

"잔디도 보라색이고 나무도 보라색, 집과 담장도 모두 보라색이야."

어느 날 밤, 홍당무는 너무 오래 잠을 미앙이 오줌을 싸고
말았다. 몸을 비비 꼬며 참아 보려고 했지만 그것은 너무 무
리한 욕심이었다. 르픽 부인은 화가 치밀어 오르는 것을 억눌
러지 오히려 부드럽게 홍당무 잠옷하게 되처리를 해주었다.

그 날 아침 홍당무는 응석받이 어린아이처럼 침대 위에서 식
사를 했다. 르픽 부인이 직접 수프를 침대까지 가져다주었던
것이다. 정성껏 끓인 수프를……
르픽 부인은 수프 속에 '그것'을 조금, 아주 조금 나무주걱에
찍어서 넣었을 뿐이다.

펠릭스와 에르네스틴이 침대 머리맡에 서서 음흉한 표정으로 홍당무를 내려다보고 있었다. 르픽 부인은 숟가락으로 수프를 조금씩 떠서 홍당무의 입에 넣어 주었다.

르픽 부인은 펠릭스와 에르네스틴에게 최후의 신호를 보내며 천천히, 아주 천천히 마지막 한 숟가락의 수프를 홍당무에게 먹였다.

그러고 나서 아주 역겹다는 듯이 말했다.

"아유, 더러워! 네가 지금 먹은 게 뭔지 아니?
어젯밤에 네가 싼 오줌이야. 이 멍청아!"

그러나 홍당무는 모두가 기대하는 표정 따위는 전혀 짓지 않고 심드렁하게 말했다.

"그럴 줄 알았어."

이런 일은 예사였다. 어떤 일이든 익숙해지면 더 이상 우습지 않다.

1 ROYAL HOTEL
and
New Bridgewater Arms

2 JOHN A SIMPSON V B

3 Great Western Railway

JOHN A SIMPSON

ROYAL HOTEL
& WATER ARMS

HOTEL

8 W.
9
10
11
12
13

J. DEACON Y SONS

4a TEA

BINYONS TC

5 CARVER YC

6 BINYONS BUNTER Y FOX

7 STANDING DRUGGIST

Standing Druggist

4a TEA

BINYONS TC

CARVER

9 MEES

FOSTER

ROPE

EUROPE

ESON

TON

13 ANGEL
HOTEL
J. CROWTHER

14 JEWSBURY & CO

15 ROACH

Canale che...
Campo San Sebastiano
A.F.B 1865

24 07 2

산토끼 두 놈은 한가로이 마주 앉아

그 물을 할짝거리고, 이따금 정신이 나는 듯

가랑잎은 부수수하고 떨린다.

산산한 산들바람.

귀여운 들국화는 그 품에 새뜩새뜩 넙논다.

흙내와 함께 향긋한 땅김이 코를 찌른다.

요놈은 싸리버섯. 요놈은 잎 썩은 내.

또 요놈은 송이…… 아니 아니

가시넝쿨 속에 숨은 박하풀 냄새로군.

앤은 고아원에서 입고 나온 짧고 꽉 끼는 흉한 원피스 차림이어서 꾀죄죄해 보였고, 원피스 아래로 드러난 다리는 가늘어서 볼품없게 길어 보였다. 주근깨로 뒤덮여서 더 많고 두드러져 보였고, 빨간 머리카락은 모자를 쓰지 않아 바람에 아주 헝클어져서 유난히 새빨갛게 보였다.

레이첼 린드 부인이 거침없이 말했다. 린드 부인은 자기 생각을 숨김없이 드러내는 걸 자랑스레 여기는 사람으로 유명하기는 했다.

"마릴라, 애가 너무 말랐고 못생겼네요. 얘야, 이리 와봐라. 자세히 좀 보자. 세상에나, 주근깨는 왜 이렇게 많니? 머리칼은 홍당무처럼 빨갛고! 얘야, 이리 와보라니까."

앤은 화가 나서 얼굴이 새빨개졌고 입술을 부르르 떨었다. 그리고 발까지 구르면서 목멘 소리로 소리쳤다.

"아주머니, 미워요! 미워요, 밉단 말이에요. 미워요!"
밉다는 말을 던질 때마다 발을 구르는 소리도 커졌다.

"어떻게 저에 대하 그런 말을 할 수 있어요? 아주머니라면 그런 말을 듣고 기분이 좋겠어요? 아주머니께 뚱뚱하고 못치고 있고 상상력이라곤 눈꼽만치도 없는 사람이라고 하면 기분이 어땠겠어요? 제가 그럭 식으로 말해서 아주머니가 마음에 상처를 입었다라도 상관없어요! 저는 아주머니를 절대 용서하지 않을 거예요. 절대로, 절대요!"

115

시포그란투스의 주요 임무이자 거의 유일한 임
무는 아무도 나태하게 지내지 않고 모두가 자기
일을 열심히 하도록 관리하는 것입니다. 그러나
그 누구도 짐승처럼 아침부터 밤늦게까지 쉬지 않
고 힘든 일을 하여 녹초가 되는 일은 없습니다. 실
로 노예만도 못한 그런 비참한 삶은, 유토피아를
제외한 모든 나라의 노동자들이 흔히 겪는 삶입니다.

유토피아 사람들은 하루 스물네 시간 중 여섯 시
간만 일을 합니다. 정오까지 세 시간 일하고 점심
식사를 합니다. 점심 후에는 두어 시간 휴식을 취
한 다음 다시 세 시간 동안 일을 하러 갑니다. 그
러고 나서 저녁 식사를 하고 8시에 잠자리에 들어
서 여덟 시간 동안 잡니다.

유토피아에서 우리가 인류하였고 한 가지를 중대하고 일하는 그러게라지 않는다였더이 모든 것에서 그릇된 인생을 받을 수 있습니다. 일하는 데 써썼어 시간만 할여하니까 생필품의 공급이 부족한지도 모른다고 생각할 수 있지요. 실은 전혀 그렇지 않습니다.

이들의 노동 시간은 생필품의 생산뿐 아니라 생활의 편리를 도모하는 물품까지 생산하고도 남을 정도로 충분합니다. 다른 나라들에서 인구의 상당 부분이 아무런 일도 하지 않고 살아간다는 사실을 고려하면 이를 쉽게 이해할 수 있을 겁니다.

언제부터인가 등과 어깨가 뼈에 사무칠 정도로

추워서 견딜 수 없을 지경이었다. 그는 마침내

자신의 외투가 뭔가 잘못되었을지도 모른다는

생각을 하게 되었다. 외투의 등과 어깨 두세너

군데가 마치 모기장처럼 얇아진 것을 발견했다.

여기서 아카키 아카키예비치의 외투 역시 동료

관리들의 놀림감이 되어 왔다는 사실을 지적할

필요가 있다. 사실 그것은 이미 '외투'라는 고상

한 명칭을 상실하고, '내복'이라는 해괴한 이름으

로 불리고 있었다.

"유령님은 누구고, 어떤 분이십니까?"

스크루지가 질문했다.

"나는 과거 크리스마스의 유령이네."

"아주 오래된 과거인가요?"

유령의 냉정이 같은 몸집이 주의를

끌끔 이며서 스크루지가 물었다.

"아니, 자네의 과거야."

글을 쓰는 동안 램프가 희미해졌고 날이 밝았다.

예배당의 시계가 여섯 시를 알렸다.

무슨 일이지?

간수가 감방으로 들어왔다.

모자를 벗더니 인사를 하고, 방해해서 미안하다며

거친 목소리를 최대한 부드럽게 하며

어떤 아침 식사를 원하는지 물었다.

······ 소름이 끼쳤다. 오늘인가?

편지를 쓸 상대는 없었지만 압지와 편지지와
펜대, 그리고 여러 장의 봉투를 사두었다.
그녀는 장식 서랍의 먼지를 털기도 하고,
거울을 들여다보기도 하고, 책을 한 권 집어
들기도 했다. 이윽고 행과 행 사이에서
꿈을 좇다가 책을 무릎 위에 떨어뜨리곤 했다.
여행을 떠나고 싶어지기도 했고,
수도원으로 되돌아가 살고 싶어지기도 했다.
죽어버리고 싶었고 동시에 파리에서 살고 싶었다.

여름날 푸른 저녁에, 나는 오솔길로 가리라,

밀 이삭에 찔리며, 잔풀을 밟으러.

꿈꾸는 나는 그 서늘함을 발에 느끼리라.

바람이 내 맨머리를 씻게 하리라.

나는 말하지 않으리라,

아무 생각 하지 않으리라.

그러나 무한한 사랑이

내 영혼 속에 차오르리라,

그리고 나는 가리라 멀리, 아주 멀리,

어느 집시처럼, 자연 속으로,

여자와 함께인 듯 행복하게.

1870년 3월.

그는 새로운 만남을 고대하며 불가항력적으로 이끌
려왔지만, 모든 새로운 만남은 그에게 피로감을 가
중시켰다. 지금 상태로는 성의 입구까지만 산보를
강행하기도 무리였다.

길은 길게 뻗어 있었다. 그런데 마을의 대로인 그
길은 성이 위치한 산으로 이어지지 않았고, 그곳으로
가까이 다가가다가도 의도인 양 옆으로 굽어졌다.
성에서 멀어지지는 않았지만, 그렇다고 가까워지
지도 않았다. K는 내내 그 길이 이제는 틀림없이 성
으로 접어들 거라고 기대를 걸었고, 그 때문에 계속
앞으로 나아갔다. 그는 또한 무척 피로했으므로 그
길에서 감히 벗어날 생각을 할 수도 없었다.

잠시 후, 복도 쪽에서 뚜벅뚜벅 무거운 발소리가 울려왔습니다. 그렇게 두세 걸음 앞까지 가까워지던 발소리는 방에 깔린 양탄자 때문에 거의 들리지 않을 만큼 작아졌습니다. 이내 남자의 거친 숨소리가 들려왔고 무심결에 숨을 헉, 하고 내쉴 정도로 서양인 같은 커다란 몸뚱이가 제 무릎 위에 털썩 내려앉더니 두세 번 들썩여 깊숙이 파고들었습니다. 제 허벅지와 그 남자의 단단하고 거대한 엉덩이는 얇은 가죽 한 장을 사이에 두고 온기를 느낄 만큼 맞닿아 있었습니다. 넓은 그의 어깨는 딱 제 가슴팍에 기대졌고, 무거운 두 손은 가죽을 사이에 두고 제 손과 겹쳐졌습니다. 그리고 남자는 시가를 피우나 봅니다. 남성적인 향기가 가죽 틈새로 흘러들어왔습니다. 부인, 만일 부인께서 제가 있는 이 의자 속에 있다고 상상해 보십시오. 얼마나 이상야릇한 정황이 아니겠습니까. 전 너무나 두려워서 의자 속 어둠에서 굳은 몸을 움츠린 채 겨드랑이에 식은땀을 줄줄 흘리며 아무 생각도 할 수 없어 그저 멍하니 있었습니다.

 어느 날 간수가 제 감방으로 들어서더니, 알깔라 읍에서 만든 빵 한 덩이를 제게 건네주며 말하였습니다.

 "받으시오. 당신의 사촌 누이가 보낸 것이오."

 저는 빵을 받아들었으나 몹시 놀라지 않을 수 없었습니다. 세비야에는 저의 사촌 누이가 없었기 때문입니다. 저는 빵을 바라보며 아마 잘못 전해졌을 것이라 생각하였습니다.

그러나 빵이 어찌나 먹음직스러워 보이고 냄새도 좋던
지 저는 그것이 어디에서 왔고 또 누구에게 갈 것인지를 따
지지 않고 그냥 먹기로 작정하였습니다. 그런데 빵을 자르
는 순간, 무엇인지 모를 단단한 것이 칼날에 걸렸습니다. 자
세히 들여다보니 작은 영국제 줄 하나가 있었는데, 빵을 굽
기 전에 반죽 속으로 밀어 넣었던 것 같았습니다. 빵 속에는
2삐아스뜨라짜리 금화 한 닢도 함께 들어 있었습니다. 더 이
상 의문의 여지가 없었습니다. 카르멘이 보낸 선물이었습니다.

그 작은 줄로 가장 굵은 창살을 자른다 해도 한 시간이면 족
할 듯하였습니다. 그리고 2삐아스뜨라짜리 금화로는 헌 옷 파
는 상점에서 민간인 옷을 산 다음, 저의 군복과 바꿔 입을 수
있을 것 같았습니다. 그러나 저는 탈옥하고 싶지 않았습니다.

예술이란 감정일 뿐이다.
그러나 볼륨과 균형과 색채의
기교가 없이 소재주만 있다면
가장 예민하고 발랄한 감정도
그만 무기력해지고 말 것이다.

끈기를 가져라.
영감 따위에 기대지 마라.
영감이라는 것은 있지도 않다.
예술가의 유일한 특징은 미래를
내다보는 것이며 관찰하는 것이며
성실이며 의지이다.

성격이 모두 나와 같기를 바라지 마라.
매끈한 돌이나 거친 돌이나
다 제각기 쓸모 있는 법이다.

도대체 무슨 짓을 한 거야. 넌 엉뚱하게도 진짜 연인 눈에 사랑의 약즙을 발라 놓았구나. 네 녀석의 실수 때문에 진실한 사랑은 부실해지고, 그 어떤 부실한 사랑도 진실해지지 않게 되었다.

바람보다 더 빨리 숲을 뒤져 아테네의 헬레나라는 처녀를 찾아내라. 그 처녀는 상사병에 걸려 낯은 창백해지고 사랑의 한숨만 내쉬고 있다. 환영을 보여서라도 그 처자를 이리 꼭 데리고 오너라. 그전에 이 청년의 눈에 마법을 걸어 놓을 테니.

나 홀로 갔네,
그렇게 홀로 갔네.
아무런 생각 없이
그냥 간 것이었네.

나무 그늘 아래에서
작은 꽃 한 송이 보았네.
별처럼 반짝이는
예쁜 눈동자 같았네.

내가 꺾으려 하자 꽃은 속삭였네.

내가 당신 손에 꺾여

시들면 좋겠어요?

나는 그 꽃을 뿌리째 뽑아

예쁜 나의 집 정원으로 옮겼네.

그리고 조용한 곳에

그 꽃을 다시 심었네.

그러자 이젠 가지를 뻗고

끊임없이 꽃을 피운다네.

　줄리앵은 마틸드에게 답장을 썼다. 편지를 받은 지 일주일이 되던 날이었다. 하지만 자신의 속마음은 조금도 드러내 보이지 않았다.

　줄리앵은 긍정도 부정도 아닌 애매모호한 문장들로 마틸드의 다음 편지를 유도했다.

자신을 향한 마틸드의 마음이 어느 정도인지 확실하게 알기 전까지는 그렇게 해야 한다고 생각했다. 만약 마틸드의 마음이 진심이라면 더욱 애가 탈 것이다. 하지만 거짓이라면 쥘리앵은 마틸드의 계략에서 벗어나 자신을 지킬 수 있을 터였다.

편지를 보낸 쥘리앵은 곧바로 오페라 극장으로 향했다. 마틸드의 편지가 진심이든 거짓이든 기분이 좋았다. 그래서 모처럼 편안한 마음으로 오페라를 감상했다.

나는 그믐달을 몹시 사랑한다.

그믐달은 요염하여 감히 손을 댈 수도 없고,

말을 붙일 수도 없이 깜찍하게 예쁜 계집 같은

달인 동시에 가슴이 저리고 쓰리도록 가련한 달이다.

초승달이나 보름달은 보는 이가 많지마는,

그믐달은 보는 이가 적어 그만큼 외로운 달이다.

오, 넘치는 달빛이여,
네가 나의 고뇌를 내려다보는 일도
이것이 마지막이라면.
내 깊은 한밤중에 얼마나 자주 잠 못 이루고
이 책상에서 너를 기다렸던가.

슬프도다!
내 아직도 이 감옥에 갇혀 있단 말인가?
정다운 하늘의 빛조차 채색된 유리창을
통해 우울하게 비쳐 드는 이 숨 막히는
저주받은 골방에!

12월 5일

오늘은 지독히 춥다. 연기가 얼어붙고, 입김이 하얗게 굳어버린다. 추위에 먼 갈까마귀들이 날다가 뚝뚝 떨어진다...... 난 민꼬비치 부인 집에서 지내고 있다. 천장이 낮은 '응접실'은 훌훌하다. 기름에 튀긴 양파 냄새가 풍긴다. 회색 커버를 씌운 가구, 한구석의 먼지 낀 종려나무. 거울 아래 탁자에 놓인 커다란 가죽 앨범...... 호텔 같기도 하고 정거장 같기도 한 이곳에서 아름다운 왈츠를 듣는 것은 낯설기만 하다.

153

"아, 사람의 키는 대개 보폭으로 계산해 낼 수 있지요.
계산은 아주 간단합니다. 하지만 숫자를 시시콜콜하게
나열해서 박사를 지루하게 만들 생각은 없습니다.

나는 마당의 흙과 집 안의 먼지에 남아 있는 발자국
을 보고 그자의 보폭을 알아냈습니다. 게다가 내 계산
을 확인할 수 있는 기회가 있었지요. 사람이 벽에 글
씨를 쓸 때는 본능적으로 자신의 눈높이에 쓰게 됩니
다. 그런데 그 글씨는 바닥에서 1미터 80센티미터 이
상 되는 곳에 쓰여 있었지요. 범인의 키를 계산해 내
는 건 식은 죽 먹기였습니다."

"그러면 나이는?"

가시덤불 속에

가시가 있다는 걸 알지만.

그래도 손 내밀어

꽃을 발견하려는 일을

그만두지 않는다.

인생도 이와 같다.

Part 2

영어쓰기

A *A* *A* *A* *A*

B *B* *B* *B* *B*

C *C* *C* *C* *C*

D *D* *D* *D* *D*

E *E* *E* *E* *E*

F *F* *F* *F* *F*

G *G* *G* *G* *G*

H *H* *H* *H* *H*

I *I* *I* *I* *I*

J *J* *J* *J* *J*

K *K* *K* *K* *K*

L *L* *L* *L* *L*

M *M* *M* *M* *M*

"번쩍이는 칼을 거두시오,
밤이슬이 검을 녹슬게 할 터.
각하, 각하께선 무기보다
연륜으로 다스려야 할 연배십니다."

"Keep up your bright swords,
for the dew will rust them.
Good signior, you shall
more command with years
Than with your weapons."

규칙적이고 정돈된 삶을 살아라.
그래야 일에 격정적이고
독창적일 수 있다.

Be regular and orderly in your life,

so that you may be violent

and original in your work.

We travel through life
Searching for the beautiful,
But unless we carry it with us as we go
We will never find it.

우리 모두는 인생의 나그네

아름다움을 찾아 길을 나섰네

그러나 우리 스스로가 아름다움을

갖추고 있지 못한다면

그 아름다움은 영영 찾아낼 수가 없으리니.

행복이란

결핍과 풍요의 사이

그 어디쯤에 존재하는 간이역이다.

Happiness is a waystation between too little and too much.

결혼에 대하여

서로가 서로를 사랑하십시오.
하나 사랑의 서약은 맺지 말기를.
바다가 그대들 영혼의 해안 사이에서
물결치게 하십시오.
서로의 잔을 채우되
한 잔으로 같이 마시지는 마십시오.
서로에게 자신의 빵을 주되
한 덩어리를 같이 먹지는 마십시오.
함께 노래하고 춤추며 기뻐하되
서로에게 혼자만의 시간을 주십시오.
마치 기타의 줄들이

하나의 음악에 함께 떨릴지라도,

서로서로 떨어져 있는 것처럼.

서로 마음을 주되

서로의 마음을 가지려 하지 마십시오.

생명의 손길만이 그대들의 마음을

소유할 수 있습니다.

함께 서 있되 너무 가까이 서 있지는 마십시오.

사원의 기둥이 서로 떨어져 있듯이.

참나무와 사이프러스 나무도

서로의 그늘 아래서는

자라지 못하는 법입니다.

On Marriage

Love one another, but make not a bond of love:
Let it rather be a moving sea
between the shores of your souls.
Fill each other's cup
but drink not from one cup.
Give one another of your bread,
but eat not from the same loaf.
Sing and dance together and be joyous,
but let each one of you be alone, even as
the strings of a lute are alone though
they quiver with the same music.

칼릴 지브란, 「예언자」 중에서

Give your hearts,
but not into each other's keeping.
For only the hand of Life can
contain your hearts.
And stand together yet
not too near together:
For the pillars of the temple
stand apart, And the oak tree and
the cypress grow not in
each other's shadow.

그래서 일곱 번째 별은 지구였다. 지구는 평범한 별이 아니었다. 그곳에는 1백 11명의 왕(물론 흑인 왕을 포함해서)과, 7천 명의 지리학자와 90만 명의 사업가, 7백 50만 명의 술꾼, 3억 1천 1백만 명의 허영심 많은 사람들, 다시 말해 약 20억가량의 어른들이 살고 있다.

The seventh planet, then, was the Earth.
The Earth is not just another planet!
It contains one hundred and eleven kings
(including, of course, the African kings),
seven thousand geographers, nine-hundred
thousand businessmen, seven-and-a-half-
million drunkards, three-hundred-eleven
million vain men; in other words, about
two billion grown-ups.

지구가 얼마나 큰 곳인지를 가르쳐 주기 위해 나는 전기가 발명되기 전까지는 여섯 대륙을 통틀어 4십 6만 2천 5백 11명이나 되는 가로등 켜는 사람을 두어야 했다는 것을 말해야겠다.

좀 떨어진 곳에서 보면 그건 대단한 광경이었다. 그들이 무리를 지어 움직이는 모습은 오페라의 발레단들처럼 질서정연했다.

To give you a notion of the Earth's dimension, I can tell you that before the invention of electricity, it was necessary to maintain, over the whole of six continents, a veritable army of four-hundred-sixty-two thousand, five hundred and eleven lamplighters.

Seen from some distance, this made a splendid effect. The movements of this army were ordered like those of a ballet.

아픈 수사슴

아픈 수사슴이 목초지 구석 조용한 곳에 누워 있었다. 수많은 친구들이 그의 안부를 물으러 와서는 그가 먹으려고 두었던 식량을 마음대로 먹어 치웠다. 결국 수사슴은 병 때문이 아니라 먹고살 방도가 없어서 죽고 말았다.

　　　　　　　　 – 악한 친구들은 이로움보다 더 많은 해를 가져다준다.

The sick stag

A sick stag lay down in quiet corner of its pasture-ground. His companions came in great numbers to inquire after his health, and each one helped himself to a share of the food which had been placed for his use; so that he died, not from his sickness, but from the failure of the means of living.

- Evil companions bring more hurt than profit.

잘 보낸 하루 끝에

행복한 잠을 청할 수 있듯이

한 생을 잘 산 후에는

행복한 죽음을 맞을 수 있다.

As a well-spent day

brings happy sleep;

so life well used

brings happy death.

Part 3

한자쓰기

보지 못하여

해마다 보지 못해 오래도록 못 보고
그리워라 날이 갈수록 더욱 그리워라
오래 그리던 사람 오랫동안 볼 수 있다면
인간에게 이별 있음을 어찌 한탄하랴.

不見

不見年年長不見
相思日日重相思
長相思處長相見
何恨人間有別離

187

무릇 먼저 싸움터에 가서

적을 기다리는 자는 편안하고,

뒤늦게 싸움터로 달려가서

급하게 싸움을 하는 자는 피곤하다.

그러므로 잘 싸우는 자는

적을 내 의지대로 이끌되

내가 적에 의해 이끌림을 당하지 않는다.

凡先處戰地而待敵者佚
後處戰地而趨戰者勞
故善戰者
致人而不致於人

남을 아는 자는 지혜롭고
자기를 아는 자는 밝다.
남을 이기는 자는 힘이 세고
자기를 이기는 자는 강하다.
족함을 아는 자는 부하고
강행하는 자는 의지가 있다.
자기 자리를 잃지 않는 자는 오래가고
죽어도 망하지 않는 자는 장수한다.

知人者智

自知者明

勝人者有力

自勝者強

知足者富

强行者有志

不失其所者久

死而不亡者壽

나는 정돈된 상태에서 적의 어지러움을 맞이하고,

나는 정숙한 상태에서 적의 소란함을 맞이하니,

이것이 마음을 다스리는 법이다.

以治待亂
以靜待譁
此治心者也

때맞춰 내리는 비처럼 상쾌하네.

고맙네, 그대 좋은 술을 보내 주니

온 집안에 가뭄이 든 것 같았네.

근래엔 술마저 말라 버려

快如時雨灌
感子餉芳醪
是我一家旱
邇來杯酒乾

사뿐사뿐 비단 버선 신은 저 소녀

겹문 안에 한번 들어가더니 자취가 묘연하네.

낮은 담장 옆에만 발자국 또렷하네.

오직 다정한 잔설 남아

屐痕留印短墻邊
惟有多情殘雪在
一入重門更杳然
凌波羅襪去翩翩

사마온공 말하기를,

돈을 모아 자손에게 남겨 줘도

자손이 다 지켜내지 못한다.

책을 모아 자손에게 남겨 줘도

자손이 다 읽지 못한다.

남몰래 착한 일을 많이 쌓아 자손을 위하여

앞날을 계획하는 일이 훨씬 더 낫다.

司馬溫公曰
積金以遺子孫
未必子孫能盡守
積書以遺子孫
未必子孫能盡讀
不如積陰德於冥冥之中
以爲子孫之計也

뚝뚝뚝 눈에선 눈물 지고

가지마다 꽃들이 하나 가득

봄바람이 내 한 불어가

하룻밤에 하늘 끝 다다랐으면.

滴滴眼中淚

盈盈枝上花

春風吹恨去

一夜到天涯

행복은 여행을 떠나는 길에 펼쳐져 있음을 기억하라.
결코 종착지에 있는 것이 아니다.

 로이 굿먼

Remember that happiness is a way travel, not a destination.

 Roy M. Goodman

참고 문헌

이 책에서 원문을 인용한 저작 목록과 출처 판본은 다음과 같습니다.

5p   블레즈 파스칼 | 『팡세』 | 하동훈 옮김 | 문예출판사
11p 존 슈메이커 | 『Are you Happy?』 | 조우석 옮김 | 베리타스북스
19p 정용철 | 『사랑의 인사』 | 좋은생각
21p 『내 책상 위의 멘토』 | 좋은생각
23p 샤를 피에르 보들레르 | 『파리의 우울』 | 윤영애 옮김 | 민음사
25p 로버트 루이스 스티븐슨 | 『지킬 박사와 하이드 씨』 | 붉은여우 옮김
     지식의숲
27p 『내 책상 위의 멘토』 | 좋은생각
29p 정용철 | 『사랑의 인사』 | 좋은생각
31p 『내 책상 위의 멘토』 | 좋은생각
33p 루시 모드 몽고메리 | 『빨강 머리 앤』 | 강주헌 옮김 | 세종서적
35p 임종원 | 『후쿠자와 유키치-새로운 문명의 논리』 | 한길사
37p 『내 책상 위의 멘토』 | 좋은생각
39p 제인 오스틴 | 『오만과 편견』 | 윤지관 · 전승희 옮김 | 민음사
41p 정용철 | 『사랑의 인사』 | 좋은생각
43p 문승준 | 『우리 시 100선』 | 도서출판 성림
45p 『내 책상 위의 멘토』 | 좋은생각
47p 이황 | 『퇴계이황, 아들에게 편지를 쓰다』 | 이장우 · 전일주 옮김
     연암서가
49p 양승권 | 『장자-너는 자연 그대로 아름답다』 | 한길사
51p 함규진 | 『정약용-조선의 르네상스를 꿈꾸다』 | 한길사
53p 문승준 | 『우리 시 100선』 | 도서출판 성림
55p 『내 책상 위의 멘토』 | 좋은생각
57p 라이너 마리아 릴케 | 『릴케의 편지』 | 안문영 옮김 | 지만지
59p 메이슨 커리 | 『리추얼』 | 강주헌 옮김 | 책읽는수요일
61p 윌리엄 셰익스피어 | 『베니스의 상인』 | 김종환 옮김 | 지만지
63p 다자이 오사무 | 『인간실격 · 사양』 | 오유리 옮김 | 문예출판사
65p 브램 스토커 | 『드라큘라-하』 | 이세욱 옮김 | 열린책들
67p 이디스 워튼 | 『거울』 | 김이선 옮김 | 생각의나무
69p 다자이 오사무 | 『인간실격 · 사양』 | 오유리 옮김 | 문예출판사
71p 함규진 | 『정약용-조선의 르네상스를 꿈꾸다』 | 한길사
73p 신정근 | 『논어-세상을 바꾸는 것은 사랑이다』 | 한길사
75p 『내 책상 위의 멘토』 | 좋은생각
77p 헨리 제임스 | 『여인의 초상』 | 정상준 옮김 | 열린책들
79p 프랜시스 스콧 피츠제럴드 | 『광란의 일요일-피츠제럴드 단편선』
     허윤정 옮김 | 더클래식
81p 나쓰메 소세키 | 『나는 고양이로소이다』 | 김난주 옮김 | 열린책들
83p 문태준 | 『우리 가슴에 꽃핀 세계의 명시』 | 민음사
85p 프랜시스 스콧 피츠제럴드 | 『위대한 개츠비』 | 한애경 옮김 | 열린책들
87p 조너선 스위프트 | 『걸리버 여행기』 | 박용수 옮김 | 문예출판사
89p 『내 책상 위의 멘토』 | 좋은생각
91p 라이너 마리아 릴케 | 『릴케의 편지』 | 안문영 옮김 | 지만지
93p 라이먼 프랭크 바움 | 『오즈의 마법사2-환상의 나라 오즈』
     손인혜 옮김 | 더클래식
95p   쥘 르나르 | 『홍당무』 | 차경란 옮김 | 지경사
113p 김유정 | 『동백꽃와-김유정 중 · 단편소설』 | 재승출판
115p 루시 모드 몽고메리 | 『빨강 머리 앤』 | 강주헌 옮김 | 세종서적
117p 토머스 모어 | 『유토피아』 | 전경자 옮김 | 열린책들
121p 알렉산드르 니콜라예비치 아파나세프 | 『러시아 민화집』
      서미석 옮김 | 현대지성사
123p 니콜라이 바실리예비치 고골 | 『외투 · 코-고골 단편선』 | 오정석 옮김
      더클래식
125p 찰스 디킨스 | 『크리스마스 캐럴』 | 김세미 옮김 | 문예출판사
127p 빅토르 위고 | 『사형수 최후의 날』 | 한택수 옮김 | 지만지
129p 귀스타브 플로베르 | 『마담 보바리』 | 김화영 옮김 | 민음사
131p 장 니콜라 아르튀르 랭보 | 『나의 방랑-랭보 시집』 | 한대균 옮김
      문학과지성사
133p 프란츠 카프카 | 『성』 | 권혁준 옮김 | 창비
135p 에도가와 란포 | 『인간의자』 | 아오조라문고
137p 프로스뻬르 메리메 | 『까르멘』 | 이형식 옮김 | 지만지
139p 고정욱 | 『인문학 따라 쓰기』 | 스크린영어사
141p 정용철 | 『사랑의 인사』 | 좋은생각
143p 윌리엄 셰익스피어 | 『한여름 밤의 꿈』 | 김용태 옮김 | 지만지
145p 마리안네 보이헤르트 | 『Flower Story』 | 김재혁 옮김 | 을유문화사
147p 스탕달 | 『적과 흑』 | 붉은여우 옮김 | 지식의숲
149p 김병철 외 3명 | 『중학 국어교과서 수필 읽기』 | 문예춘추사
151p 요한 볼프강 폰 괴테 | 『파우스트』 | 김인순 옮김 | 열린책들
153p 보리스 싸빈꼬프 | 『검은말』 | 연진희 옮김 | 뿔
155p 아서 코난 도일 | 『셜록 홈즈 전집 1-주홍색 연구』 | 백영미 옮김
      황금가지
157p 『내 책상 위의 멘토』 | 좋은생각
165p 윌리엄 셰익스피어 | 『오셀로』 | 김미예 옮김 | 지만지
167p 메이슨 커리 | 『리추얼』 | 강주헌 옮김 | 책읽는수요일
169p 존 슈메이커 | 『Are you Happy?』 | 조우석 옮김 | 베리타스북스
171p 존 슈메이커 | 『Are you Happy?』 | 조우석 옮김 | 베리타스북스
173p 칼릴 지브란 | 『예언자』 | 유정란 옮김 | 더클래식
177p 생 텍쥐페리 | 『어린왕자』 | 김은영 옮김 | 꿈과희망
181p 이솝 | 『이솝우화』 | 김설아 옮김 | 단한권의책
183p 존 슈메이커 | 『Are you Happy?』 | 조우석 옮김 | 베리타스북스
187p 양사언 | 『봉래시집』 | 홍순석 옮김 | 지만지
189p 노병천 | 『만만한 손자병법』 | 세종서적
191p 김하중 | 『빈 마음으로 읽는 노자 도덕경』 | 문예출판사
193p 노병천 | 『만만한 손자병법』 | 세종서적
195p 강혜선 | 『한시 러브레터』 | 북멘토
197p 이우성 | 『로맨틱 한시』 | 원주용 옮김 | 아르테
199p 추적 | 『명심보감 철학노트 필사본』 | 백선혜 옮김 | 홍익출판사
201p 이우성 | 『로맨틱 한시』 | 원주용 옮김 | 아르테
203p 존 슈메이커 | 『Are you Happy?』 | 조우석 옮김 | 베리타스북스

그림 정보

그림 정보

만년필 미드나잇

2018년 4월 10일 1판 1쇄 펴냄

엮은이   도서출판 단디 편집부

펴낸이   박인수
펴낸곳   도서출판 단디
주소   경기도 파주시 탄현면 사슴벌레로 45
기획·편집   소은선, 성미연
디자인   전지혜
영업   유인철

등록   제406-2015-000049호(2015.4.9.)
전화   031-941-2480
팩스   031-905-9787
이메일   dandibook@hanmail.net
홈페이지   dandibook.com

ISBN   979-11-956384-0-6 (03810)